MW01227499

LÁGRIMAS NEGRAS

MILIA
GAYOSO MANZUR

© Milia Gayoso Manzur, 2024
© Iliada Ediciones, 2024
ISBN: 979-8884317758

www.iliadaediciones.com

ILIADA EDICIONES
Heidebrinker Str.15
13357 Berlín
Alemania

Maquetación: AV Kreativhaus UG
Edición/Corrección: Amir Valle
Logo Ilíada Ediciones: Maikel García
Diseño: AV Kreativhaus UG

LÁGRIMAS NEGRAS

A todas las mujeres del mundo que han sufrido
o sufren algún tipo de violencia y abuso.

"Teníamos dos opciones:
estar calladas y morir, o hablar y morir.
Decidimos hablar".

MALALA YOUSAFZAI

Flores negras en el vestido

Tengo miedo. Cuando él llega a casa, quisiera poder esconderme debajo de la cama para que no me vea, o desaparecer como las partículas de polvo en el aire cuando sacudimos las manos.

Hace creer a todos que es bueno, pero yo sé que no lo es. Es malo y quiere hacerme daño. Pienso qué puedo hacer para que no me busque, para que papá y mamá no me llamen para darle un beso, y lo que es peor, dónde escapar para no quedarme sola ni un instante con él.

¡Valeria!, llama mi madre, Valeria... llegó el tío Arturo, vení a saludar.

Me tapo los oídos para no escucharla, me pongo los audífonos, cierro la puerta de mi habitación. Entonces manda a Griselda para que me busque. Ella golpea la puerta.

—Mi niña, tu mamá te está llamando.

—Decile que me duele la panza —le digo desde el otro lado de la puerta—; decile que me deje dormir, Griselda.

—No, Vale, tu mamá te busca. Llegó tu tío Arturo y quiere verte, trajo medialunas y chipitas para merendar.

¿Y si le cuento a Griselda?, porque mamá no me va a creer, o papá se va a enojar conmigo porque va a pensar que miento sobre su hermano, menos puedo contarle a abuela Enriqueta que adora a su hijo.

—No quiero ir —le digo, mientras abro la puerta lentamente. Ella me mira y me acaricia los cabellos.

—¿Qué te pasa? —pregunta angustiada. Me lleva de la mano a la cocina, donde se preparó la mesa para la merienda. Lo veo mirarme con ojos brillantes, estira los brazos para abrazarme y yo siento que se me llenan los ojos de agua tibia.

—No quiero merendar, no tengo hambre —le digo a mamá. Pero ella insiste y coloca un montón de Zucaritas en un pote con yogur. Sabe que es mi merienda favorita, pero no cuando está él. Apenas termina su café, papá se encierra en su escritorio y mamá sube a su habitación para hacerse la planchita porque tiene una cena con sus amigas escribanas. Nos quedaremos solas con Griselda, pero tengo miedo de que mi tío se entere y se ofrezca a cuidarme mientras ella sale y papá va a su partido de fútbol.

Qué hermosa estás, mi muñequita, dice con su voz de falso tío cariñoso. Me quedo dura en mi silla, mirando sin ver mi pote de yogur de frutilla donde se van hundiendo las hojuelitas de maíz. Él se levanta y se acerca. Sudo y tiemblo. Él no para, parece que le hace feliz ver cómo me pongo nerviosa cuando me acaricia donde no quiero que me toque.

No dormí esa noche. Imaginé mil maneras de contar lo que me estaba pasando. Cuando mamá vino a buscarme a la mañana, para prepararme e ir al colegio, yo estaba despierta y triste. De camino, me fui dormitando en el auto. Estás pálida, mi vida, dijo papá. No respondí. Le di un beso en el hombro cuando llegamos frente al colegio.

Mi profesora me preguntó si me encontraba bien. Seguramente mi cara no era la más feliz esa mañana. Me tocó la frente y me preguntó si me dolía la cabeza. Sí, le dije. Me dio una aspirina para niños con un jugo que trajo desde la cantina. ¿Qué te pasa?, me preguntó dos veces. Nada, le dije, pero creo que notó que tenía ganas de llorar.

No pude atender la clase, en vez de eso dibujé árboles grises y un sol con la mueca de tristeza y pequeñas lágrimas que caían sobre la montaña. Después dibujé una niña con un vestidito lleno de flores amarillas. Estaba lindo mi dibujo, pero le agregué flores negras sobre los pechos y en la zona cerca de la panza, también pinté en rojo algunas flores en las mangas y en el volado del ruedo.

Mi profesora se acercó lentamente desde atrás y observó lo que estaba haciendo. Me dejó terminar. Durante el recreo me pidió que lleve mi merienda y la acompañe. Nos fuimos junto a la sicóloga del colegio y la profe me preguntó si quería que se quedara o se fuera. La agarré muy fuerte de la mano para que no se fuera. La doctora Marta me dijo que comiera mi sándwich mientras conversábamos.

Me preguntó por qué el sol estaba triste, por qué pinté árboles grises, por qué las flores del vestido de la niña, a la que le puse de nombre Gloria, tenía varias flores negras. Entonces dejé mi sándwich de jamón y queso sobre su escritorio y me largué a llorar. Mi profe Lili me abrazó y dijo que podía confiar en ellas.

Les conté que mi tío me molestaba desde hacía casi un año, que intentaba tocarme donde yo no quería, que siempre me daba besos cerca de sus labios, que me ponía triste y nerviosa cuando se iba a casa.

Volví a clases de la mano de mi profe. Mis compañeros me preguntaron qué pasó. Me dolía la cabeza y me llevó a la enfermería, mentí. Ese día me buscaron mamá y papá, que vinieron más temprano para hablar con la sicóloga. Se notaba que mi mami había llorado mucho y a papá se le veía muy nervioso.

Mamá viajó atrás, conmigo, de regreso a casa. Me llevó abrazada todo el tiempo. Papá estaba callado, ni siquiera puso sus habituales canciones en la radio. No supe qué les dijo la doctora Marta, pero mi tío ya nunca volvió por casa.

Adiós, maldito

Se lo llevó el covid. Ya era hora de que se fuera, ronda los setenta y tuvo tan mala vida que no era bueno que continuara contaminando la tierra con su risa perversa y su lascivia asquerosa.

Mi madre me llamó llorando para anunciarme que se murió su querido hermano menor.

—Se murió tu tío Florencio —dijo—. Vamos por favor a su velorio.

—¿A su velorio?

—Sí, le velan en su casa de Mariano Roque Alonso, allí donde vivía con su nueva mujer.

—¿En serio me estás pidiendo que me vaya con vos?

—¡Qué rencorosa que sos!, ¡te pasaste la vida imaginando cosas! Ya *omanóma ningo* (ya se murió).

—No, no te voy a llevar ni me pienso aparecer a derramar ni una gota de lágrima por él.

No me fui. Recibí tres llamadas más, de mis tías llorosas e implorantes para que fuera a darle el último adiós.

—¿Qué es lo que pasó, *che* reina? (mi reina), para que le tengas tanto odio a tu pobre tío? —me dijo la más conciliadora de las hermanas Narvaja.

—Nada, tía, nada. No quiero irme nomás.

Los reproches siguieron durante todo el día. Hasta su exesposa, a quien dejó por una mujer de mejores tetas, según sus propias palabras, me llamó para decirme que debía asistir por lo menos al entierro. Ella olvidó las barbaridades que le hizo pasar, y las vejaciones a las que sometió a sus propias hijas, siendo aún niñas.

Volvió a llamar mi madre para decirme que no me volvería a hablar si no iba al velorio o al entierro. Bueno, le dije. Hacé lo que quieras.

La poca memoria de mi madre no le hacía recordar que una vez le conté que el tío quería tocarme donde no debía. Tenía alrededor de diez años cuando se fue a vivir a nuestra casa, con la excusa de estar sin trabajo y no poder pagar el alquiler. Mamá armaba una cama en el suelo y me hacía compartirla con él, asegurándose de ponerme un short apretado para que el sátiro no intentara nada conmigo.

En aquellos tiempos, era tan chica que no se me pasaba por la cabeza que él, a quien yo quería como al pariente que era, intentaba abusar de mí. Una madrugada sentí que quería correr el cierre de mi bermuda y le pegué por las manos. Procuré gritar y me dijo que ya no lo haría.

No le conté nada a mi madre para que no se pelearan, pero si ella trató de protegerme con esa prenda, era porque algo sospechaba de lo que podría llegar a ocurrir. Sin embargo, con la excusa de tener un solo colchón, seguí durmiendo a su lado durante varias noches. Me daba miedo su presencia, entonces le conté a mi madre lo de aquella madrugada. Escuché que le retó y le echó de la casa, pero a ella, de memoria frágil, enseguida se le pasaban los enojos, y durante muchísimos años tuve que soportar su presencia en los eventos familiares, con la diferencia de que, al crecer, lo puse en su lugar y lo ignoré para siempre.

Al pasar los años volví a estos recuerdos preguntándome si alguna vez logró bajar mi cremallera, y una rabia muy honda me sacude cuando pienso en ello.

¿Se murió el sátiro? ¡Qué alivio! Adiós, maldito.

Allí no

Mi abuelo era mi héroe. Corría a abrazarlo cuando lo veía entrar por el portón, siempre con una bolsita de papel en la mano, en la que traía pororó o golosinas para merendar con mis hermanos. Gabriel y Conrado eran sus nietos favoritos en casa, es lo que siempre creí.

Por eso me alegré mucho cuando comenzó a estar más tiempo cerca de mí y me dedicó más cariño que a los demás.

Pero yo era chica y confundí sus sentimientos.

Un sábado llegó con su acostumbrada bolsita; esa vez traía un regalo para mí: era un tutú rosado, como las que usan las bailarinas. Él sabía que yo se lo había pedido a mi mamá para mi fiesta de cumpleaños. Faltaba poco para apagar seis velitas y estaba muy emocionada porque vendrían mis compañeritos de primer grado a mi celebración.

Abuelo me entregó el regalo y dijo que me lo pusiera. Corrí a mi habitación y me lo coloqué sobre la calcita que llevaba puesta. Volví triunfante a la sala. Tenés que quitarte el pantaloncito, dijo. No hace falta, abuelo, dije yo, al tiempo que giraba sobre mis pies como una bailarina.

En ese momento entró mi madre y le preguntó a mi abuelo qué pasaba. Él le contó que me trajo un regalo y que yo lo estaba probando. Ellos se llevaban bien, y en muchas ocasiones mi abuelo nos traía el dinero que papá nos enviaba por su intermedio. Se había vuelto a casar y tenía otra familia, y con ellos vivía mi abuelo.

A veces sentía celos de mis otros hermanitos porque no solo mi padre estaba con ellos, también mi abuelo. Nosotros vivíamos los cuatro solos.

Al día siguiente mi abuelo insistió en que me pusiera el tutú sin medias ni calza. Le hice caso, inocente de toda sospecha. Mamá se había ido al supermercado con uno de los mellizos; Gabi se quedó jugando *play* en su habitación.

Puso música en su celular para que yo bailara. No tenía ganas y me senté en el suelo a jugar con una de mis muñecas. Vení aquí, me dijo, señalándome sus piernas. Estoy bien, le dije. Entonces se levantó, me alzó en sus brazos y me llevó hasta la silla donde estuvo sentado. No entendí lo que quería, pensé que solo quería estar cerca de mí.

Sentí su mano llena de venas subiendo por mis piernitas y sentí un miedo nuevo. Se me erizaron los pelitos de la angustia que me generó su contacto. Entonces recordé lo que la profesora nos dijo varias veces: No permitan que nadie les toque donde ustedes no quieren, ni que les obliguen a darles besos si no les gusta hacerlo.

Mientras su mano recorría mi pancita, sentí su aliento sobre mi cuello. Le retiré la mano con fuerza mientras le gritaba: ¡Allí no, abuelo! No me toques. Se quedó sorprendido y sonrió. No te voy a hacer nada, me dijo, solo quiero acariciarte. Me sacudí de sus brazos, pero no pude soltarme. Grité el nombre de mi hermano: ¡Gabriel, Gabriel! Pero él estaba encerrado con su juego.

Pensé en mi madre y en su recomendación de que si me pasaba algo corriera a la casa de la vecina, pero para eso necesitaba que mi abuelo me soltara. Quiero tomar agua, por favor, le dije. Sí, mamita, respondió complaciente. Caminó hasta la cocina para cargar el agua desde el bebedero. Entonces abrí la puerta y corrí hasta el portón mientras gritaba: ¡Auxilio, doña Mercedes, auxilio!, como para que todos me escuchen. Mi abuelo salió alarmado al jardín, pero yo había ganado la calle y estaba en el portón de la vecina. Ella me vio desde la ventana y salió a mi encuentro.

La abracé llorando. Doña Mercedes miró a mi abuelo que estaba parado en su portón con intenciones de llevarme de nuevo a casa. Fuera de acá, le dijo ella. ¡Fuera o llamo a la policía! Aún no le había contado nada, pero intuyó que algo sucedía. Cuando mi madre volvió, le conté lo sucedido, delante de la vecina.

Mi abuelo jamás volvió por casa.

El novio de mi mamá

Con mi mamá vivimos en una pieza, en un lugar que no me gusta. Hay muchas casitas encimadas y niños que andan por la calle, como yo. Hoy también falté a la escuela. Ella se quedó dormida y no me preparó el desayuno ni había lavado mi uniforme. La maestra va a retarme de nuevo, porque falto mucho.

Estoy en tercer grado y me gusta leer y dibujar. Dibujo en todos los papeles y pedazos de cartones que encuentro, con mi lápiz o el bolígrafo que mamá suele usar para sacar cuentas.

En la escuela hay una biblioteca donde paso los recreos, leyendo o dibujando. Prefiero encerrarme allí porque mis compañeros me tientan, ya que mi uniforme está muy viejo y pocas veces llevo algo para merendar. A veces la bibliotecaria me invita a una banana porque se preocupa por mí.

Mamá vende medias en una esquina, y yo pido dinero a las personas que paran en los semáforos. No me gusta hacerlo, me da vergüenza. Algunos me pasan unas monedas sin hacer ningún comentario, otros me gritan que salga de la calle y no moleste; otros, que ven muchas veces a mamá sentada en la acera, me piden que le diga que trabaje ella.

Mamá ya tuvo varios novios. No son buenos conmigo. Uno me manda a la calle cuando la visita, otro me envía al almacén de noche a comprarle cerveza, otro me dice malas palabras. Solo uno, que apareció una vez, era amable, me traía manzanas y me regaló un osito de peluche. Pero mamá no lo quería y no le dejó visitarla más.

Hace poco apareció uno nuevo, grandote, grosero, siempre se toca sus partes íntimas cuando me ve. Lo hace a espaldas de mi mamá, pero en realidad ella a veces está como mareada y ni sabe lo que pasa.

Le tengo miedo. No me gusta la forma en que me mira, ni los gestos que hace con la mano y con la boca, sacando siempre su lengua grande y oscura. No lo quiero cerca nuestro, pero mamá lo prefiere porque le da dinero y le compra mucha cerveza.

Cuando viene a casa, ya de noche, salgo a caminar sin rumbo porque como vivimos en una casa tan chiquita, no hay donde refugiarse. Camino y pienso en mi padre, a quien no recuerdo; sueño con que aparezca un día y nos encontremos en una esquina y que me reconozca y me alce en sus brazos sonriendo, y me diga que vino a rescatarme.

Euxenia

La acabo de enterrar. No la veía desde los dieciocho años cuando tomé la decisión de apartarla de mi vida para que no continuara haciéndome daño. Una de las pocas amigas que tenía me ubicó luego de cuatro días de su fallecimiento. Tuve que recoger su cadáver de la morgue del hospital y conseguir un servicio fúnebre acorde a mi presupuesto para llevarla al cementerio.

Seguía atractiva a sus cincuenta años. Su piel de porcelana mostraba las huellas de las trasnochadas, el alcohol, las drogas, el maquillaje en exceso. Pero no había perdido la luz de sus cabellos.

Ella era exuberante, preciosa, libidinosa. Me hacía mal escuchar sus gritos cada noche, con el novio de turno. Supongo que no podía controlar sus hormonas. Me tuvo muy joven, a los diecisiete años. Resultó preñada en uno de los tantos revolcones en la paja del retablo de las cabras, con algunos de los peones de su padre.

Cumplió 18 años ya conmigo en los brazos, y apenas comencé a gatear, se fue a Italia detrás de un cantante. A regañadientes, mi abuela (una española tosca y malhumorada) me crio a leche y queso y me permitió corretear por el campo detrás de las gallinas y las cabras.

Euxenia volvía cada tanto, metida dentro de pantalones vaqueros ajustados y abrigos con pieles en los puños y cuello. Las cadenas de bijouterie tintineaban en su cuello. Olía rico, y cuando se volvía a ir, su aroma dulzón se quedaba flotando dentro de la casa de piedra. Era absolutamente indomable. No supe, hasta los seis años, que era mi madre y no recuerdo cuándo la comencé a llamar mamá.

Pero, así, medio atolondrada y bohemia, mi abuelo la adoraba. La única hija de Jeremy Patton era un caso perdido, pero lo tenía en la palma de la mano. Mi abuela, sin embargo, no aceptaba su comportamiento y cada vez que regresaba lo único que hacían era discutir. Entonces ella tomaba su bolso de varios colores y se marchaba provocándola, con la falda tan corta que casi se le veían los glúteos. Yo la quedaba viendo hasta que se perdía en el horizonte.

En la primavera en que cumplía trece años, vino a buscarme. Ella estaba viviendo en París, con su nuevo amante. Mi abuela no se opuso, le preocupaba mi desarrollo físico y la posibilidad de que me involucrada con algún peón joven, como mi madre. Mi abuelo se quebró de pena. Me amaba porque me convertí en la extensión de su única hija, y porque yo le brindada el afecto que la hija ni la esposa le dieron nunca.

Partimos un amanecer, dejando atrás a mi pequeño pueblo, O Cebreiro, al que volvería solo para enterrar a mis abuelos, con dos años de diferencia. Euxenia me compró ropa nueva para el viaje. Dejé atrás mis prendas de niña de pueblo y me enfundé en unos jeans desteñidos y una remera con inscripción desenfadada. Viajamos en tren y fue una maravillosa aventura para mí.

Nadie nos esperó en la estación. Ella se manejaba como si hubiera vivido allí toda la vida. Caminaba contoneando la cintura y atraía todas las miradas, por su cuerpo esculpido y su cabellera rojiza y abundante. Llegamos a un pequeño piso desde donde se podía observar la torre Eiffel que yo había visto en las revistas.

El departamento solo tenía un cuarto, una sala y la pequeña cocina. ¿Dónde voy a dormir?, le pregunté. Cuando Alain no está, conmigo; cuando se queda, dormirás en el sofá o te pondremos un colchón en nuestra habitación, explicó, mientras comía una manzana.

El tal Alain vino dos días después. Yo estaba dormida cuando llegó. Era más de medianoche. Euxenia me despertó y me mudé al sofá. Hola, le dije al recién llegado, y él me respondió con un gruñido como saludo. Me volví a dormir enseguida, pero me despertaron los gemidos y gritos de mi madre. Me senté en el sofá para escuchar mejor, porque pensé que la estaba maltratando, hasta que caí en la cuenta de que ella estaba gritando de placer. Lo mismo hacían las cabras cuando los machos las montaban.

Mi madre se convirtió en ese momento en una mujer descontrolada que profería groserías y pedía más. Me tapé los oídos con la almohada e intenté volver a dormir. Tuve sucesivas pesadillas: volvía a casa de mis abuelos, pero ella me arrancaba de allí y me llevaba de vuelta a ese pequeño sitio que se estaba convirtiendo en un infierno.

Alain era bastante apuesto, pero insoportable. Aparentaba unos años más que mi madre. Hablaba todo el tiempo en francés, aunque podía expresarse perfectamente en castellano. No simpatizamos enseguida; al contrario, me hizo sentir triste e incómoda durante varias semanas. Cuando se quedaba en el departamento yo era invisible para él, y como hablaba alzando la voz creía que lo molestaba.

Euxenia tomó un trabajo como camarera en un bar cercano al centro de la ciudad. Su horario era cambiante. A veces iba de mañana y en ocasiones le tocaba el turno de la tardenoche. Él dirigía un local nocturno, donde las mozas servían a los clientes con poca ropa. Así conoció a mi madre. Ella trabajó en el lugar un poco más de un año, hasta que él la sedujo y le puso el piso donde fueron a vivir juntos. Sin embargo, Alain no siempre venía a dormir. No era raro que desapareciera durante varias semanas y luego volvía a tomar posesión de ella, como si fuera un objeto de su pertenencia. Me harté de escucharlos aparearse a cualquier hora del día y sin ninguna vergüenza. A veces, ni siquiera cerraban la puerta.

Cumplí 15 años y ella casi olvida mi cumpleaños. Se acordó a la tarde, cuando se preparaba para ir al trabajo. Me dio un beso que pareció obligado y me prometió salir a festejar apenas tuviera una noche libre. Creo que le pesó la conciencia y le llamó a Alain a contarle lo de mi cumpleaños.

Él llegó como a las diez de la noche con una rosa roja y una caja de bombones. Feliz cumpleaños, dijo, y me abrazó. Tenía olor a alcohol. Su abrazo duró demasiado tiempo y me incomodó. En los dos años de vivir casi juntos, era la primera vez que me daba un abrazo, es más: que me daba una muestra de afecto. Me zafé como pude y me fui al baño. No había mucho lugar donde escapar. Como tardé mucho, me golpeó la puerta. Salí y noté que él había preparado una mesa para dos. No dije nada e hice como que me ponía a estudiar.

Vamos a celebrar tus quince años, dijo. Yo tenía puesto un vestido liviano porque hacía calor dentro del departamento y no tenía ganas de celebrar nada, menos con él que se estaba comportando de manera dudosa. En realidad, creo que en el fondo esperaba que mi madre comprara un pastel y apagáramos juntas una vela. Pero ella seguía tan ausente de mi vida que ese detalle seguramente no pasó por su mente.

Alain salió a la calle y volvió con comida china. Yo seguí disimulando que leía. Me llamó a la mesa para cenar y me senté de mala gana. El arroz frito estaba delicioso y sin darme cuenta comencé a comer con ganas. De pronto sentí su mano sobre mi pierna. Me quedé tiesa, con la comida en la boca, sin poder tragar. Tranquila, me dijo, no pasa nada. Yo no pude continuar comiendo. Me quedé sentada esperando que él terminara de cenar.

Tengo otro regalo para vos, me dijo. La cabeza comenzaba a darme vueltas. No esperaba ni quería nada de él. Se levantó y fue hasta la heladera. Trajo más vino y agua para mí. Me acercó el vaso por detrás y sentí que me acarició el pelo. Creo que dejé de respirar, sudé frío. Sentí que me besaba la nuca al tiempo que su mano derecha se introducía en mi entrepierna. Quise gritar, pero no me salía la voz, y si lo hacía, ¿quién hubiera ido a socorrerme en ese edificio gris de personas desconocidas?

Me acarició sobre la ropa interior. Sentí terror, jamás había tenido relaciones, ni siquiera había dado un beso a algún chico, nunca. Me levantó de la mesa y me llevó a la cama, como a un maniquí. Aún tenía comida en la boca cuando me violó.

Pasó un siglo hasta que mi madre regresó. Yo me encerré en el baño a llorar de dolor, rabia y vergüenza. Ella gritó su nombre, pero al parecer se había ido. Me buscó, golpeó la puerta del baño, una y otra vez. Sal, ya, Mar, traje un pastel delicioso para que celebremos tu cumpleaños.

No quería escucharla, seguía sentada en el piso, manchándolo con mi sangre. Mar, niña, que te has dormido allí, siguió diciendo mientras mi alma se hacía añicos y deseaba con todas mis fuerzas estar en la casa de piedra, corriendo tras las cabras de mis abuelos.

Libre

La heladera estaba prácticamente vacía. Solo una zanahoria semiseca, medio tomate y hojas amarillentas de cebollita de verdeo poblaban los compartimentos. Abrí el congelador buscando algo más sustancioso. Un pequeño paquete congelado llamó mi atención: era un trozo de carne.

Hice lo que pude con lo encontrado. Una especie de estofado casi sin color y con poco sabor, ya que el único condimento agregado fue un poco de sal. No era mucho, pero daba para que aplacaran el hambre mis dos hijos y mi esposo. Yo podía esperar.

No tenía nada para la guarnición, arroz, papas o fideos, nada. Revolví la comida con la espátula de madera, cuidando que no se queme ni se pase. Cuando estuvo lista llamé a los chicos para que almorzaran. Lázaro y Fernandito estaban jugando en el patio, les lavé las manos y les puse un poco de estofado a cada uno. No se quejaron de que fuera poco, se lo comieron todo, dejando el plato limpio. Cuando llegó Fernando, los niños se habían acostado a hacer la siesta.

Tengo hambre, servime la comida rápido que tengo que volver a salir, dijo nervioso. Le pedí que bajara la voz para no despertar a los chicos. Me miró como queriendo fulminarme, y cuando le puse el plato frente a él, lo apartó de manera tan brusca que casi volcó el contenido en la mesa. ¿Qué es esta porquería?, gritó. Ni los chanchos comerían tu comida. En vano traté de explicarle que ya no tenía nada en la heladera, que no estaba vendiendo ninguno de los productos de limpieza que fabricaba y nos ayudaban en la economía familiar, y que él no me daba dinero desde hacía varias semanas.

Se puso frenético, comenzó a gritarme que soy una inútil, que no sirvo para nada, que ni siquiera sé cocinar una comida decente. Levanté el plato de la mesa y cuando iba a colocar el estofado de nuevo en la olla, sentí que me estiró del cabello. El plato y lo que contenía fue a parar al piso, igual que yo. Me arrastró por toda la cocina y me llevó a la habitación. Le supliqué que no me lastimara, que no me hiciera daño, que pensara en los niños.

Estaba fuera de sí, me pegó con más violencia que nunca. Lloré, le supliqué. Fernando, por favor, me estás lastimando mucho, le dije, Fernando, no hay comida en casa, vos no traés nada, gastás todo en cerveza... Decir eso fue mi sentencia. Lo vi dirigirse a la cocina y volver con el cuchillo grande que uso para cortar la carne, lo dirigió hacia mí como para clavarme. En ese momento vi a mis hijos en la puerta. Lazarito gritaba que no me hiciera daño y Fernandito lo agarró de la pierna para que parara.

Yo estaba tirada en el suelo, ensangrentada. No veía bien porque mis ojos se comenzaron a hinchar a causa de los golpes. Él no soltaba el cuchillo que tenía en la mano derecha, y con la izquierda apartó a nuestro hijo, tirándolo por la pared. Entonces reaccioné y lo levanté en el primer impulso. Lo agarré de la mano, intentando que soltara el cuchillo. Me tiró sobre la cama y me continuó pegando ante el llanto y el grito de los niños. Me pegó en todas partes, con las manos y con el mango del cuchillo... y en algún momento, con la fuerza que saqué de algún lugar, lo empujé, porque me tenía aprisionada contra el colchón. Lo empujé con todas mis fuerzas para liberarme.

Sentí un corte en el brazo. Luego lo vi tirado en el suelo. No sé cómo se clavó la hoja de acero en su pecho, no recuerdo si lo hice yo o se lo hizo él mismo, comisario. En ese momento ya tenía los ojos casi cerrados de tantos golpes, no pude ver bien lo que pasaba, solo escuchaba el llanto de mis hijos.

Lléveme presa si quiere, enciérreme, no sé si lo hice yo. Pero ahora por fin me siento libre.

Lo injusta que es la vida

Mi primera noche en la cárcel fue una de las experiencias más tristes de mi vida. Me pusieron con otras tres mujeres que no parecían muy amigables. ¿Qué es esa cara de mosquita muerta?, gritó una de ellas, cuando me di cuenta de que me estaban dejando sin mantas. A sufrir, mamita, a sufrir la primera noche, dijo riendo otra, a la que le faltaban dos dientes de adelante. Solo la tercera se mantuvo en silencio, y fue quien, en plena madrugada, cuando estaba a punto de morir congelada, me puso encima uno de los edredones rotosos de la penitenciaría.

Me despertó la voz chillona de la líder del grupo, reclamándole por haberme tapado. Escuché el sopapo en la cara y el llanto de la que en adelante sería mi amiga, en ese lugar terrible donde fui a parar, sin haber hecho nada más que denunciar a mi agresor.

Media hora después sonó un timbre que, según entendí, llamaba al desayuno. Seguí a mis dos verdugas y a mi nueva compañera, Toscana. El bullicio era ensordecedor, centenares de mujeres de edades variadas retiraban su bandeja con cocido negro y dos galletas para el primer alimento del día. Me senté al lado de Toscana y le sonreí. Ella me devolvió la sonrisa y me ofreció una de sus galletas. Yo no puedo masticar, me dijo, la bruta de Saldívar me pegó tan fuerte que me lastimó los dientes.

No tengo hambre, le dije. Guardá para más tarde, sugirió. La grandota Saldívar nos miraba desde su mesa y levantó amenazante una cuchara hacia mi nueva amiga. Ella bajó la cabeza y se concentró en soplar su taza. Está caliente y le falta azúcar, murmuró. Yo tomé lo que había frente a mí en silencio, mordisqueé una de las galletas y pensé en mi padre y mis hermanos, que estarían en la casita de San Pedro, seguramente cosechando los zapallos que venderían en el mercado.

Otro timbrazo nos devolvió a la celda, donde Toscana me dijo que pronto iríamos a las bañeras, para que prepare mis cosas. Caminamos en fila entre Saldívar y la otra, que se llama Herenia. Nunca me había bañado desnuda delante de nadie, ni siquiera de mi novio, pero en ese lugar esa era la regla. Me quité la ropa lentamente y con pudor, cuando me llegó el turno de usar la ducha. Sentí que decenas de ojos me miraban. ¡Ah!, dijo Saldívar. Con razón la Tosca se fijó en vos, tenés lindo cuerpo había sido. ¡Ha nacido una pareja!, gritó riendo.

No entendí su chiste sino hasta la hora del almuerzo, cuando vi a varias parejas darse besos mientras caminaban hacia el comedor. Toscana me contó que era usual que se formaran parejas entre las reclusas, ya que muchas de ellas pasan muchos años allí sin recibir la visita de un hombre. Otras reciben a sus maridos o novios en las habitaciones privadas, una vez por semana. Yo tengo una novia, confesó Toscana. A veces viene a verme, porque ya salió de prisión.

Al atardecer nos dejaron salir al patio. Algunas caminaban alrededor de la cancha de vóley, otras jugaban y unas pocas leían sentadas en las gradas. Toscana y yo nos sentamos a conversar sobre nuestras vidas.

Ella tiene una condena de treinta años. Mató a su esposo que la maltrataba sistemáticamente. Le hizo perder dos embarazos por los golpes que le daba en el vientre, aun así tuvo tres hijos más que quedaron al cuidado de su madre. Me mostró un tajo en el muslo derecho. Se lo hizo él, con un pedazo del vidrio roto. Quería tomar más cerveza y pretendía que ella saliera a comprarlo a las once de la noche, en el barrio poblado de inseguridad donde vivían. Como ella se negó, rompió la botella y la amenazó con cortarle la garganta.

Tosca logró esquivarlo, pero le dio en la pierna. Los niños más pequeños ya estaban dormidos, pero el mayor, de catorce años, que se encontraba estudiando, le pasó un cuchillo de cocina para que se defendiera. Cuando él intentó herirla de nuevo, ella le hundió el metal cerca del corazón. Murió tres días después y a ella no le sirvieron sus argumentos para no ir presa.

¿Y vos por qué estás aquí?, preguntó. Es una historia ridícula, le dije yo. No hice nada. Es decir, le denuncié al hijo de mis patrones por violación, respondí. Tosca bajó del escalón donde estaba sentada y se puso a mi lado. Contame, contame por favor.

Hace tres años, mi mamá falleció de cáncer y yo me quedé a cargo de la casa, de mis hermanos y de mi papá. Tomé su lugar en casi todo: cocinaba, lavaba la ropa de toda la familia, limpiaba la casa, iba a la chacra. Tuve que dejar el colegio, ya estaba en segundo curso, para hacerme cargo de todo. Pero llegó un momento que ya no soporté esa vida, los dejé y me vine a la ciudad a trabajar como empleada doméstica, y enviaba dinero a casa.

34

En el primer lugar me fue muy bien, estaba contenta, cuidando de una pareja de ancianos. Limpiaba la casa y hacía la comida. Estuve ocho meses con ellos, hasta que murió el señor y llevaron a la anciana a un hogar de la tercera edad.

Luego de dos semanas de búsqueda encontré lugar en una casa familiar. Eran cuatro personas para quienes debía realizar un servicio completo de limpieza, cocina, lavado y planchado. Me daban un fin de semana libre al mes para ir a mi casa. El sueldo era bueno, aunque había muchísimo trabajo, especialmente porque los dos hijos varones eran muy desordenados y ensuciaban muchísima ropa en la semana.

La señora era escribana y estaba todo el día fuera, el señor tenía una bodega de bebidas y el menor de sus hijos iba aún al colegio. El mayor no hacía nada, se pasaba en su habitación mirando películas o hablando por teléfono. Me llamaba todo el tiempo, quería que le hiciera jugo, que le preparara un sándwich, que le planchara esta u otra remera, no me dejaba en paz.

Al mes de estar en la casa me di cuenta de que lo que realmente quería era que estuviera cerca de él en su habitación. Me agarraba la mano cuando le llevaba el jugo o me halagaba el cabello, queriendo acariciarlo. Le empecé a tener miedo y no sabía cómo contárselo a su madre.

Una mañana, después de que todos salieron, me llamó a gritos para que le llevara café a su habitación. Dejé lo que estaba haciendo y se lo preparé, por las dudas ya le hice un mixto y un vaso de jugo de durazno, de tal manera que no molestara más tarde. Golpeé la puerta y me dijo que pasara. Estaba acostado en la cama, tapado con una toalla. Traeme aquí mi desayuno, me ordenó. Intenté dejárselo sobre la mesa donde supuestamente escribía una novela. No, aquí, dijo, y se sentó en la cama, haciendo lugar entre sus piernas cruzadas. Entonces me di cuenta de que estaba desnudo bajo la toalla.

Intenté salir, pero me tomó de la muñeca y se levantó a cerrar la puerta con llave. Sin soltarme del brazo, sacó la bandeja de la cama y me tumbo allí. Grité, pero no había nadie en la casa, grité, lloré y supliqué en vano. Mi violó sin piedad, con violencia, como si me tuviera rabia. Me tuvo prisionera toda la mañana, haciéndolo una y otra vez. Me soltó cuando se dio cuenta de que era la hora del regreso de su madre a la casa, para almorzar.

Todo estaba sucio aún, ni siquiera había podido levantar la mesa del desayuno, barrer ni repasar la casa. Mucho menos, hacer la comida. Cuando la patrona llegó, me encontró en mi habitación, sentada en la cama, llorando. ¡Pero, Florencia!, gritó. ¿Qué es este desastre? ¡No hiciste nada hoy! ¿Qué te pasa?

No podía hablar, balbuceaba cuando él entró detrás de su madre y se la llevó a la sala. No sé qué historia le contó que ella vino hacia mí como una avispa enfurecida. No sé qué te dijo tu hijo, señora, logré decir, pero él me violó. ¡Estás loca!, gritó. No voy a permitir que digas esas estupideces. ¡Te vas ahora mismo de esta casa, ahora, ahora!

Preparé mi bolsón y salí a la calle. Ni siquiera me dio tiempo de ducharme, de cambiarme de ropa. Me echó a la calle sin compasión. El sol me dio en la cara y sentí un terrible dolor de cabeza y de todo el cuerpo. Caminé varias cuadras sin saber qué hacer. Me senté en una de las paradas de colectivos a llorar. Tiempo después, una mujer que me observaba desde hacía rato me preguntó qué me pasaba. Le conté todo y me animó a ir a hacer la denuncia en la comisaría.

Un policía me tomó la denuncia. Escribió en un papel lo que le iba contando: dirección de la casa, nombre de la familia, nombre del atacante, tiempo laboral, mi nombre y apellido, número de cédula, edad... No parecía tomar en serio mi denuncia. Le vamos a avisar, dijo. ¿Dónde la podemos encontrar? No tengo adónde ir, le dije. Soy del interior.

Vuelva mañana para ver qué hacemos, dijo el oficial. Entonces volví a la calle y caminé sin rumbo. Esa noche dormí en una plaza, atacada por los mosquitos. Al amanecer, una empleada municipal que barría me preguntó qué hacía allí; le conté mi historia y me ofreció su casa para darme un baño y comer algo. Esperé a que terminara su turno y la seguí como un perro sin dueño.

Por la tarde volví a la comisaría acompañada por la barrendera para ver qué novedades había sobre mi denuncia. ¿Y qué pensás que pasó? Me agarraron presa. Mi patrona me acusó de haber robado sus joyas y un montón de dinero que supuestamente tomé del cajón de su placar. ¡Mentira!, todo era mentira para encubrir al vago de su hijo. No pude defenderme, no me creyeron y como no me hice un examen médico no tenía pruebas de la violación.

Mi amiga, la barrendera, me consiguió un abogado amigo de ella, pero él quería cobrarme por el trabajo y yo ni siquiera había cobrado por los días trabajados. Y acá estoy, presa por un delito que no cometí, pagando por algo que un desquiciado me hizo a mí. Así de injusta puede ser la vida.

¿Cuánto te dieron?, preguntó Tosca. Cinco años, cinco años de mi vida sin poder ayudar a mi familia, sin poder formar la mía, sin poder vivir.

En las siguientes semanas hice más amigas y conversé con mujeres de algunas instituciones que iban a la penitenciaría a enseñarnos algunos oficios y a conversar sobre nuestras condenas. Una de ellas se interesó en mi caso y prometió ayudarme a apelar.

Sueño con salir de aquí noche y día.

Porque te amo

Yo te amo, Azucena, te amo mucho.

El amor del que hablaba Juan Carlos era una desgracia para mí, un veneno que me consumía día a día en cuerpo y alma. De tan delgada, la ropa me colgaba y mi cabeza era un laberinto del que no podía escapar.

Después de dos años de noviazgo que parecían normales, nos casamos con Marquitos en mi vientre. Tal vez no supe interpretar las señales de lo que se veía venir: sus escenas de celos totalmente infundados, la elección del tipo de ropa que debía ponerme, el intento de alejarme de mis amigas.

Me cambié para la ceremonia en casa de mis padres, aunque ya vivíamos juntos desde que supe que estaba embarazada. Me gustaba la idea de salir vestida de novia del hogar familiar, donde mamá, mi hermana y mis primas se tropezaban felices, ayudándome. Una de ellas se encargó de domar mi cabello ensortijado y rebelde en un peinado agradable a la vista, con destellos de una coronita de piedras de bijouterie.

Letizia, mi prima soltera, me maquilló luego de días de haber estado tratando mi cutis con exfoliantes, cremas y mascarillas. Cuando me miré al espejo me vi linda y estaba feliz. Marquitos ya se movía en mi panza por primera vez y lo intuí como una buena señal. La alegría no duró mucho. Juan Carlos no me esperó en el altar, fue a buscarme a casa de mis padres para ver qué me había puesto para la boda.

Escuché a mi madre decirle que no era de buena suerte ver a la novia antes de entrar a la iglesia, y él largó una carcajada. Mi hermana le dijo que tuviera un poco de paciencia. No era impaciencia lo que lo hizo ir hasta allá, sino su instinto controlador. Yo estaba aún sentada frente al espejo cuando entró a mi habitación. Me di vuelta y le sonreí enamorada y esperando sorprenderlo con mi apariencia que creí estaba perfecta. Te maquillaste como una puta, dijo, y por primera vez vi la furia en sus ojos. Te maquillaste como una puta, sacate eso o no me caso con vos.

Mis primas y hermana que me estaban ayudando se quedaron petrificadas. Rosana sonrió, pensando que era una broma de mal gusto, Letizia alzó el secador y noté que se lo quería tirar por la cabeza... No era una broma. Allí estaba, saltando la verdadera personalidad de mi encantador novio.

Llorando, dejé que me quitaran las pestañas postizas, la sombra, la máscara de pestañas, el rubor, el labial rosa suave, todo... Me quedé con la cara lavada. Te voy a maquillar suavecito, imperceptible, dijo Letizia. No, le dije, dejame así nomás, sin nada. No quiero una escena en plena iglesia.

Mi padre no entendió por qué iba con la cara tan pálida y los ojos llorosos. Pedí que no le contaran para no preocuparlo. Entré a la iglesia como un fantasma deslucido, triste, viendo venir una nube negra que solo traería una lluvia dañina. Ni me acuerdo del momento en que me recibió en el altar ni lo que dijo el sacerdote. Mi cabeza estaba en cualquier parte, quizás queriendo salir corriendo de allí. Pero no lo hice. Me quedé quieta, como los siguientes cinco años.

Continué trabajando como secretaria todoterreno en una empresa de construcciones hasta el día antes de nacer mi hijo. Lo último que quería era estar a tiempo en casa con él. Sin embargo, con la excusa de que no viajara en colectivo, me buscaba todos los días. Me llamaba cuatro o cinco veces por día, miraba lo que me ponía, no me dejaba maquillarme ni usar zapatos elegantes.

El primer año de mi hijo fue una tortura. No le gustaba nadie como niñera, muchísimas veces tuve que faltar o llegar tarde porque no tenía quién cuidara al niño o debía correr a casa de mis padres para dejarlo. La única solución que encontré, pero que no fue buena idea, fue que una de sus hermanas viniera a vivir con nosotros durante los días de semana. Mamacha era la versión femenina de mi esposo: abusiva, controladora y desgastante. Seguía al pie de la letra las indicaciones de su hermano para hacerme la vida imposible.

Juan Carlos se obsesionó con mi apariencia física a tal punto que solo podía usar polleras negras y grises con blusas blancas para ir a trabajar. Nada de colores, nada de collares, nada de maquillaje o tacones. Y como si eso fuera poco, no me permitía bañarme de mañana para ir a trabajar, según él «para no ir a encontrarte con otro». Tampoco me dejaba higienizarme luego de tener relaciones, que le encantaba hacerlo de madrugada, para que *el otro* (que solo existía en su mente enferma), supiera que estuve con él.

Me sentía sucia y llegué a inventar estrategias para higienizarme en el trabajo. Tenía elementos de higiene en el cajón de mi escritorio y me compraba ropa interior para cambiarme al llegar y volver a ponerme con la vine de casa antes de volver, porque controlaba hasta con qué bombacha me fui a trabajar.

Cinco años duró el tormento. Solo mi hermana Rosana sabía por lo que pasaba. Ella tenía un matrimonio feliz y no podía concebir que yo estuviera casada con un monstruo. Intentó hablar con él muchas veces y lo único que logró fue que la maltratara. Harta de que me controlara al punto de olerme cuando volvía a casa, para ver si no había estado con otro hombre, le preguntaba una y otra vez por qué actuaba de esa manera: porque te amo, decía.

En la oficina ignoraban mi mundo familiar, simulaba todo el tiempo. Procuraba no verme desaliñada, tenía collares en el cajón de mi escritorio y usaba una colonia suave para bebés por las mañanas. No me ponía más de tarde para que se fuera disipando al llegar a casa. Me ayudaba el hecho de fumar, el olor a cigarrillo tapaba cualquier aroma agradable. Por lo menos ese vicio no me quitó.

El hartazgo llegó sin proponérmelo. Me había sentido mal durante todo el día, en el trabajo. Mis compañeros me dijeron que estaba pálida y demasiado delgada. No les conté que devolví sangre y me dolía terriblemente el estómago. No acepté el ofrecimiento de ir temprano a casa, con la excusa de que me sentía mejor. Pero mi jefe insistió tanto que le permití llevarme.

Generalmente, Juan Carlos llegaba más tarde, pero justo ese día ya estaba en casa. Escuchó el ruido del auto que paró frente a casa y salió a mirar con quién había venido. Conocía a mi jefe, porque en más de una ocasión había ido cayendo a la oficina sin previo aviso.

Cuando lo vi abrir la puerta, se me revolvió el estómago porque imaginé lo que se venía. Mi jefe lo saludó cordial, con la mano; Juan Carlos gruñó un «buenas tardes». Gracias, le dije al señor Bermúdez y me apresuré a bajar del auto. Me abrió el portón, le di un beso en la mejilla y entré. Jamás imaginé que él se acercaría a mi jefe a pedirle explicaciones. Por supuesto, le dijo que me trajo porque me sentía mal. Sin embargo, el enfermo de mi marido lo maltrató y le dijo que jamás se le ocurra volver a traerme. Sentí que me ganaba la rabia y la vergüenza.

Entró como una ráfaga de fuego a la habitación donde estaba empezando a cambiarme. No vi venir el puñetazo que casi me sacó de lugar un ojo. No fue un golpe, fueron varios, interminables, creo que paró porque escuchó llorar a nuestro hijo que se había quedado solo con él al retirarse mi cuñada. Marquitos escuchó mis gritos y entró en la habitación donde vio la violencia con la que me estaba pegando su padre.

Me dejó tirada en el suelo durante no sé cuánto tiempo. Me sangraba la nariz y también me salía sangre por la boca, sentí que perdía el sentido y me desvanecí.

No tuvo más remedio que llamar a una ambulancia, y fue el médico que vino a socorrerme quien me salvó la vida, en el más amplio sentido de la palabra. Me contaron después que Juan Carlos no quiso que me llevaran al hospital, dijo que me caí por el travesaño de la cama, sin darse cuenta que el somier no tiene madera alguna que sobresalga. El médico llamó al 911 y de esa manera pudieron sacarme de la casa. Como era evidente la situación de violencia, se comunicaron con mi familia para que se hiciera cargo de mi hijo.

Estuve internada durante dos semanas. Tuve rotura del tabique nasal, desprendimiento de la retina del ojo izquierdo, fractura del antebrazo izquierdo y una úlcera sangrante que amenazaba con convertirse en algo peor. Mis padres no le permitieron comunicarse conmigo, pero logró, a través de su hermana, que me llegara un ramo de flores con su tarjetita y su «Te amo».

No se fue preso. Todo lo que conseguí fue una orden de alejamiento y la tenencia de mi hijo gracias a las gestiones de una abogada, amiga de la familia. Sin embargo, no dejaba de molestar, llamando por teléfono, primero pacíficamente y luego amenazante. La tortura continuó de cierta manera. La solución hubiera sido irme a otro país, pero no quería dejar a mi hijo, ya que jamás me firmaría el permiso para llevármelo.

Entonces soporté como pude su acoso, esperando que pasara el tiempo y se entusiasmase con otra víctima. Nunca sucedió. Cada vez estaba más enfermo e intentaba manipular a Marquitos. Tampoco quería firmar el divorcio. Fueron otros tantos años de tortura, con la diferencia de que no compartíamos la casa con él, pero vivía con el temor de que trasgrediera la orden de alejamiento.

Entonces conocí a Rupert, un ser extraordinario que me hizo dejar atrás todo lo que estaba sufriendo. Marquitos y yo lo adorábamos y él a nosotros. Al enterarse Juan Carlos, comenzó a amenazarlo y a perseguirlo, hasta en la calle.

Pero Rupert no era yo. Alto y delgado, tenía, sin embargo, mucha fuerza y determinación. No sé qué pasó o qué le hizo, pero Juan Carlos terminó en Emergencias Médicas, donde tuvieron que enyesarle los brazos. No sé cuánto tiempo estuvo así, sin poder valerse por sí mismo. No hizo ninguna denuncia y nos dejó en paz durante unos meses.

Rupert fue a vivir con nosotros, lo que me dio mucha tranquilidad, aunque no desaparecía el temor de ver a Juan Carlos aparecer y hacer una locura. Pasamos unos meses de mucha paz y me embaracé. Rupert y Marquitos estaban felices. Procuré esconder mi panza en blusas holgadas porque tenía terror de cruzarme con Juan Carlos en la calle y que me hiciera algo para perder al bebé.

Me esperó una tarde a la salida del trabajo. Ya estaba de ocho meses y mi panza saltaba hacia adelante como una gran sandía. Quise saber si es cierto que estás embarazada de un bastardo, dijo como saludo. Me callé, no le respondí. Me dio cierta tranquilidad observar que el guardia del edificio había notado su presencia. Lo que no sabía era que había llamado a la policía.

Juan Carlos sacó un arma y me apuntó al vientre. Por favor, le supliqué, no mates a mi bebé. Él estaba fuera de sí, le temblaba la mano y le salía baba de la boca. Comenzó a llorar y a gritarme que me amaba. ¡Todo lo que hice fue porque te amaba!, decía, una y otra vez.

Continuó gritando su desquicio cuando lo desarmaron y lo alzaron a la patrullera. Un líquido tibio comenzó a bajar por mis piernas.

Solo era un moretón

Me hizo la pasada con la moto de su papá durante varios días. Yo estaba en otra, era época de exámenes en el colegio y solía sentarme a estudiar en el jardín. Adentro de la casa, papá miraba algún partido de fútbol en la televisión, mi hermanita jugaba en el otro extremo del jardín y mamá hacía bizcochuelo para la merienda, en la cocina. Así eran nuestros domingos por las tardes, llenos de paz y con el aroma a vainilla y naranja que invadía casi toda la cuadra.

Osvaldo pasaba y pasaba, haciendo roncar la moto. Más de una vez levanté la mirada para ver quién era el desubicado que hacía tanto ruido. Él levantaba la mano en señal de saludo, con la sonrisa más amable que le salía. Lo conocía de vista porque es amigo de uno de mis primos y siempre andaba por el barrio, aunque él vivía en otro lugar.

Una tarde estacionó la moto y tocó el timbre, como si no viera que yo estaba sentada al lado de la planta de granada, con los cuadernos y libros desparramados a mi alrededor.

¿Te puedo molestar por un vaso con agua?, dijo, cuando le pregunté qué necesitaba. Se lo acerqué e iniciamos una breve charla.

Al siguiente domingo volvió a hacer sus piruetas en mi calle y de nuevo pidió agua. Entonces confesó que venía por mí para llamar mi atención. Les cayó bien a mis padres y me permitieron iniciar un noviazgo con ciertas reglas de visita, ya que estaba a meses de concluir mis estudios secundarios.

Al poco tiempo me llevó a conocer a su familia, lo que me pareció genial porque de esa manera sabría un poco más sobre él. Sin embargo, allí comenzaron nuestros problemas. Osvaldo tiene un hermano, dos años mayor, con el que congeniamos de inmediato porque nos gustan las mismas cosas, los mismos grupos musicales y la comida china. No le agradó nuestra cercanía, pero no me lo dijo de buena manera. En vez de decirlo de frente, cuando dejamos su casa, me retorció el brazo izquierdo con un pellizco. Me dolió y me sacudí con rabia.

Al día siguiente se había formado un enorme moretón en la zona. Mi madre me preguntó alarmada qué me había pasado. Es solo un moretón, mamá, me golpeé por el marco de la puerta de mi habitación, le dije, para no alargar el tema.

Del celo inicial de su hermano pasamos a los celos por mis compañeros de curso, por el vecino de al lado que solía traerme a casa desde el colegio, ya que él está un curso por debajo del mío. De pronto no se me podía acercar ningún muchacho: se ponía furioso y violento. Un día era un puñetazo en la mesa o un golpe en la pared y, al siguiente, otro pellizco en cualquier parte de mi cuerpo. Me fui convirtiendo en un mapa lleno de manchones amarillentos y marrones.

El día de mi fiesta de colación no permitió que entrara al salón del brazo de Jorge Díaz, mi compañero de estudios desde el preescolar. Como el curso entero compartíamos desde chicos formamos parejas para hacer el ingreso al baile, donde nos esperarían nuestros padres, abuelos o madres.

Armó tal escándalo que entré sola, bañada en lágrimas de indignación e impotencia.

Esto no está bien, mi hija, exclamó mi mamá, y mi papá, furioso, dijo que se las iba a ver con él cuando terminara la fiesta. Con mil maniobras conseguí que mi padre se tranquilizara y dejara para después la discusión. No fue la noche que había soñado. Durante años hicimos diversas actividades para llevar a cabo nuestra fiesta y un posible viaje. No me dejó ir a Camboriú con mis compañeros porque él creía que iría a estar con otro.

Debí dejarlo en aquel momento e irme de viaje. Debí cortar la mala hierba antes de que invadiera mi jardín, que era tan hermoso.

Seguí con él y continué dando explicaciones sobre las marcas en mi cuerpo. Ya no solo eran pellizcos, también golpes con los nudillos, alguna que otra cachetada y estirones de pelo. A causa del enorme estrés que me estaba causando, no ingresé ese año a la carrera de ingeniería para la que me venía preparando desde hacía ya dos años, tomando cursos adicionales al colegio.

En medio de la enorme angustia que esto me causó, mi padre falleció de cáncer de próstata. Nos quedamos solas en casa, mamá, mi hermanita de doce años y yo. Vendimos la casa y nos mudamos a una más pequeña en Capiatá, para poder solventar los gastos que nos quedaron del tratamiento de papá y los costos del sepelio.

Durante un tiempo Osvaldo pareció tranquilizarse. Quizás la parte que le quedaba de humanidad respetó mi duelo.

Nos casamos en una ceremonia sencilla, cinco meses después. Creí que su presencia en mi casa nos daría seguridad y, además, aportaría a la economía familiar, ya que entonces él trabajaba en un banco prestigioso de Asunción. Mamá había instalado un pequeño puesto de venta de bizcochuelos y pastafrola en el mercado de San Lorenzo y yo continuaba como vendedora en una empresa de productos de electricidad.

Lo primero que intentó hacer luego de casarnos fue que abandonara la idea de continuar la facultad. No le di la oportunidad de hacerlo; esa fue la primera vez que me golpeó salvajemente. Mi hermanita, que estaba estudiando en el comedor, escuchó mis gritos y salió a buscar ayuda. Tuve que mentir y decir que me caí en el baño cuando vinieron los vecinos. Le hice jurar a Anita que no le contaría nada a mamá.

Escondí los moretones bajo la ropa porque estaba haciendo frío. A esa primera vez siguieron otras varias, por cualquier motivo: no le gustaba mi ropa, la cena estaba fría, no quería que mensajeara de noche, le molestaba que mi jefe me llamara para darme alguna indicación, etcétera.

Cuando descubrió que estaba preparándome para los siguientes exámenes de ingreso, intentó ahorcarme mientras me duchaba para que no se escucharan mis gritos. Me golpeó en todas partes y me lastimó el vientre. Al día siguiente tuve una hemorragia en el trabajo: no sabía que estaba embarazada. Perdí el bebé. Mi madre me dijo que lo denunciaría para que se fuera preso; la escuché hablar, pero estaba paralizada.

Quedé internada durante tres días, más para estar lejos de él que por necesidad de salud. La médica que me atendió vio los golpes y logró que le confesara su agresión. Ella dio aviso a la policía y conseguí una orden de alejamiento. Ya no estaba dispuesta a continuar a su lado.

Pidió perdón, suplicó, prometió cambiar, hacer terapia. Le creí una vez más. De verdad le creí y retiré la denuncia.

Dos semanas después se celebraba la cena por el aniversario de la empresa donde trabajo. Le pedí que me acompañara porque me darían un premio como empleada sobresaliente. Me compré un hermoso vestido negro, discreto, a media pierna, solo con un escote en v como detalle. Pero como tengo buenos pechos, estos resaltaban. Comenzó a molestarse porque se me veían mucho, incluso antes de salir de la casa.

En plena cena, cuando un compañero se acercó a pedirme que me levantara para estar preparada cuando me llamaran, creyó que a propósito alcé mis senos para mostrarlos. Me pateó por debajo de la mesa, tan fuerte, que trastrabillé al levantarme. Caminé lagrimeando de dolor hasta el costado del escenario. A partir de ahí fue un suplicio. Me miraba fijamente cuando uno de los dueños me entregó un presente floral y un cheque, y el otro me daba un par de besos en las mejillas.

Ni siquiera esperó llegar a casa para comenzar a lastimarme. Dijo que era una buscona, que me vestí como una cualquiera para «levantarme» a algún viejo con dinero. Me tapó la boca mientras me pegaba, para que mi madre y mi hermana no escucharan. En algún momento caí al suelo, inconsciente.

Me desperté en el Hospital del Trauma, con dos costillas rotas y la muñeca derecha fracturada. Ya no era solo un moretón, era un hematoma gigante el que tenía en el medio del alma.

Cuando volví a casa, ya no estaba. Espero no volverlo a ver jamás.

Tío, no me mires así

Amaba a mi tío Patricio. Toda la vida lo he considerado como un padre, ya que el mío siempre estuvo ausente, excepto en algunas ocasiones especiales. Él casi a diario iba a casa. Llegaba con manzanas o galletitas para Juancito y para mí, y nosotros lo recibíamos saltando de felicidad. Mamá también lo quería: es su hermano menor y siempre estaba disponible cuando ella le pedía que nos cuidara porque necesitaba trabajar horas extras en el hospital, donde se desempeña como enfermera.

Pero mi tío, juguetón y tierno, fue cambiando. Se puso excesivamente cariñoso conmigo. No solo me traía golosinas y manzanas, sino que comenzó a regalarme peluches y ropa. Me llenó la habitación de ositos y unicornios porque sabía que me gustaban. Y me compró calzas ajustadas y tops muy cortos. También un juego de bikinis para la pileta, pero me daba vergüenza usarlo.

Vamos a piletear, decía, y nos convencía de llenar la piletita que nos trajeron los Reyes Magos el año pasado. Pero yo no quería ponerme el conjuntito que me compró, usaba mi malla enteriza y él no me quitaba los ojos de encima. Me miraba y me miraba, y empecé a sentir algo raro en su actitud.

Me mimaba mucho más que a Juancito, me quería alzar sobre sus piernas y acariciarme el pelo cuando estaba en vestidito o short. Tenía ganas de contarle a mamá lo que estaba ocurriendo, pero me daba miedo de que no me creyera y que se enojara conmigo, o peor, que se peleara con su hermano por mi culpa. Juancito tenía alrededor de cinco años y yo, nueve.

Estuvo así muchos meses, y yo me ponía cada vez más nerviosa las veces que venía a casa. Pero lo peor vino después. Cuando cumplí diez años, me trajo de regalo un perro gigante y cuando me lo dio estábamos en la sala y el resto de los invitados en el patio donde mamá armó las mesas. Puso el peluche frente a nuestras caras y me besó en la boca. Me asusté mucho y salí corriendo. No llegué a agarrar el regalo. Fui y me encerré en mi habitación. Mi corazón latía con fuerza y me dieron ganas de llorar.

Luego de mucho tiempo, mamá fue a buscarme. Me preguntó por qué estaba encerrada si todos mis invitados me esperaban para cantar el *Cumpleaños feliz*. Me duele la panza, le dije. Mamá me dio de tomar unas gotas de un remedio que suele darme cuando me siento indispuesta y me llevó de la mano hasta el jardín.

Cuando lo vi sonreírme me entraron ganas de vomitar. Me dolía ya de verdad el estómago. No comí ni bebí nada, recibía abrazos y besos en las mejillas como una muñeca que se deja mimar. Estaba profundamente triste.

Ni siquiera la aparición de mi papá, luego de tres años, me brindó alegría. Él me trajo un equipo de karaoke y un enorme cuadro de unicornios de colores para mi habitación. Me alzó en brazos, me besó en las mejillas y me dijo que estaba grande y linda. Yo solo sonreí, él para mí era casi un extraño que solía aparecer alguna navidad o en mi cumpleaños, o en el de Juancito.

Cuando todos se fueron, mamá, abuela y mis tías Lourdes y Marina se quedaron limpiando. Arrastré la bolsa verde de basuras en la que mamá puso mis regalos y me dirigía a mi habitación cuando lo vi sentado en la sala, tomando una cerveza. Casi me paró el corazón. Vamos a ver tus regalos, me dijo. No, le dije. Voy a abrirlos mañana. Vení, no seas mala, insistió.

Me acerqué sigilosa y me senté lejos de él, en el otro sillón. Él se levantó y se ubicó en el respaldo de donde estaba yo. Comencé a sudar y a inquietarme. En vez de mirar mis regalos me miraba a mí, con sus ojos brillantes. Tío, no me mires así, le dije. ¿Por qué no?, preguntó. Te miro así porque te quiero y cuando seas más grande vas a ser mi novia.

Yo nunca seré tu novia, soy tu sobrina, le dije asustada. Sin mediar palabras me acarició la pierna y puso sus manos sobre mis pequeños pechos. Quería gritar, pero no me salía la voz; además tenía miedo de que él dijera que yo estaba mintiendo. Él era el hermano menor al que adoraban las tres hermanas y ni qué decir mi abuela.

Dejame ir, le dije, a punto de llorar. Me cerró el paso con una de sus piernas y me pasó el brazo izquierdo por el hombro.

¡Mamá!, traté de gritar, pero no me salía la voz. En ese instante me arrepentí de no haberle contado antes que el tío me andaba molestando. ¡Abuela!, quise decir, tampoco me salió la voz.

Cuando apareció Thor, mi perro caniche, sentí un poco de esperanza. Mi mascota querida presintió el peligro en el que estaba y comenzó a ladrar y a estirarle los pantalones. Es pequeño, pero barullero. Sus ladridos llamaron la atención de mi abuela y de una de mis tías. Cuando ellas entraron a la sala, mi tío me tenía aprisionada con su cuerpo... Mi abuela lo agarró del brazo y lo levantó con una cachetada. No sé si ella intuyó algo ya desde hacía tiempo o descubrió las intenciones de su hijo en ese instante.

Tía Marina me llevó a mi habitación y escuché los gritos y el llanto de mi madre. Escuché el portazo, luego solo voces femeninas, llantos y más tarde el silencio.

Mamá vino a acostarse a mi lado, tenía los ojos rojos y le temblaban los labios y las manos. Me abrazó y me besó en la cabeza, muchas, muchas veces. Dormimos sin cambiarnos, con los zapatos puestos y con Thor acostado en el borde de la cama.

Un centímetro

El cuchillo elevó levemente la cubeta de hielo, la levantó apenas y volvió a pegarse por la superficie completamente nevada. Insistí en mi intento por despegarla. Necesitaba esos cubitos para el tereré de mi padre que se estaba impacientando porque ya debía ir a trabajar.

Entonces ocurrió la tragedia. El cuchillo, filoso y largo, se introdujo sin obstáculo en la blanca pared del fondo de la nevera. Quizás fue apenas un centímetro, pero suficiente para tocar el cañito por donde pasa el gas.

Sentí un ruido y un extraño olor. No hice caso. Corrí a la canilla a mojar la cubeta y a liberar los trozos de hielo bajo el agua. Los coloqué en el termo y corrí hacia mi padre que me esperaba rojo de cólera en el auto.

Mamá, parece que agujereé la heladera, le dije. Ella me miró angustiada y fuimos a revisar el accidente. Así fue.

Mi padre volvió a la noche. La heladera estaba descongelada y todo olía a gas en la cocina.

¿Quién fue?, preguntó, mientras se desabrochaba el cinturón. Mi madre se puso delante de mí, intentando culparse para salvarme. Él adivinó el terror en mis ojos, apartó a mi madre y me llenó de golpes, sin parar.

Suplicamos las dos, pero él estaba enceguecido, gritando por lo mucho que le costaría arreglar la heladera. Vociferó improperios, me trató de la peor manera, dijo que era una desgracia en su vida.

Me latigueó sin piedad, en los brazos, las piernas, las manos, todo el cuerpo. Tenía 14 años solamente. Sin embargo, sentía como si ya hubiera vivido una eternidad.

Me marcó la piel durante mucho tiempo, me marcó el corazón por siempre.

Un collar de fantasía

Lo vi en el escaparate de una joyería. Era el mismo modelo de aquel collar dorado que supuestamente me regaló el señor Pedraza. Idéntico modelo, con la diferencia de que este era de oro macizo o el otro una imitación en metal bañado en dorado. Me lo compré yo, en el mercado donde exhiben las baratijas chinas que cuestan poco dinero.

Llevaba meses trabajando en la oficina de aquella empresa constructora. Era buena en lo que hacía: escribir en la computadora, responder cartas, contestar el teléfono. A pesar de tener un nivel de vida humilde, procuraba vestir bien, llevar limpios los zapatos, cuidar mi maquillaje y peinado y, sobre todo, velar por mi reputación. Era jovencita, pero tenía eso muy claro.

En ese entonces estaba cursando el primer año de Derecho, en horario nocturno. Trabajaba de ocho a dieciocho, luego corría a la facultad y de allí a la casa. Tenía veinte años, pero mantenía a mi madre que había quedado viuda y a mis dos hermanitas. Pagábamos una casa de alquiler y comíamos poco y mal, pero sobrevivíamos.

Estaba en una empresa distribuidora de artículos eléctricos cuando surgió la posibilidad de trabajar en la entidad encargada de construir dos nuevos viaductos y cien viviendas para obreros estatales. Yo quería ganar un poco más y fui a realizar una prueba de redacción y velocidad. Tuve muy buen manejo y me pidieron comenzar el siguiente lunes, es decir, cuatro días después.

Mi jefe no quiso dejarme ir, me preguntó cuánto era la diferencia para igualarme la oferta. Le dije que ya había dado mi palabra a la constructora. Me fui, con la duda de si valía la pena el cambio. Con el transcurrir de los días sentí que sí valió la pena. Me sentía a gusto, valorada. Apreciaba el trato del director de la empresa, de las compañeras, era un placer trabajar en un ambiente fresco, limpio, donde no faltaban el café, la leche y algunas galletitas para la merienda. Entonces yo podía dejar de gastar en almuerzo durante algunos días, para ahorrar los pasajes o para dejarle un poco más de dinero a mi madre.

Pero un par de compañeros no eran agradables. Es más, eran muy desagradables, sarcásticos, siempre buscando una discusión. En especial uno de ellos, Sergio Sartorio. Trataba de no hacerle mayor caso, porque no me gusta pelear. En definitiva, era un tipo amargado, resentido, con alguna falla emocional, porque de verdad nunca le dije ni le hice nada como para que se ensañara conmigo.

Pasaron los meses, el año, y yo fui moviéndome con mayor confianza. Había aprendido a manejar perfectamente los documentos de la empresa, disfrutaba de trabajar allí, y luego pasar a la universidad, donde estaba comenzando un lindo romance con uno de mis compañeros de clase. Estaba en un gran momento de mi vida.

Mi jefe era un hombre muy educado, siempre me trató de manera cordial. Conocía a su esposa y a sus hijos, conocía sus sentimientos hacia ella porque él no paraba de comentar sobre detalles que hablaban de ese cariño mutuo.

Al cumplirse dos años de mi llegada a la constructora, me invitó a merendar en una conocida confitería de la ciudad. Acepté porque me pareció una salida inocente. Me fui en colectivo al lugar y él lo hizo en su auto. Tomamos café con medialunas, conversamos, brindamos por el trabajo y por un nuevo proyecto a punto de concretarse, lo cual traería más progreso para toda la oficina. A las nueve de la noche, le dije que ya debía retirarme y ofreció llevarme a mi casa. Lo hizo y pude llegar más temprano que lo normal, ya que no fui esa noche a la facultad. Lo despedí en el portón y le agradecí el detalle: me llevó de regalo una pulsera de plata, por los dos años. Me lo había entregado en la confitería, a la vista de toda la gente.

El fin de semana anterior me había comprado la baratija dorada que estrené al día siguiente, con mi blusa blanca del uniforme de la oficina. Sartorio tenía preparadas las uñas. Como era el encargado del pago de las facturas y de llevar el estado contable de la empresa, pocas cosas se le escapaban. Ya tenía en la mano, para contabilizar, el pago de la merienda, y como buen chismoso había llamado a la confitería para averiguar con quién se había ido el jefe. Sus tentáculos llegaban a todas partes donde tenía contactos perversos como él.

Inició una oleada de burlas hacia mí, dando a entender que tenía una relación con el jefe, que me había llevado a merendar por alguna razón especial, y que me había entregado ese costoso regalo durante el encuentro. En vano traté de explicar que no era así, que no teníamos nada, que no me regaló ese collar, que era una bijouterie que me compré yo misma.

Se reía de mí, le contó a toda la oficina lo que a su parecer hacíamos. Lloré de la impotencia y de la rabia. Jamás se olvidó de aquella situación, pasaron los años, mi jefe falleció en un terrible accidente y Sartorio continuaba con su cargada de mal gusto.

La empresa tuvo un nuevo director que acababa de llegar al país desde Francia. Era un poco más apático que el señor Pedraza, pero igual de buena gente. Él se unió a la empresa en marzo de aquel año. En diciembre pasado yo había iniciado un romance con una persona de la que me enamoré perdidamente. En febrero quedé embarazada. Él no quiso casarse porque llevábamos poco tiempo, yo seguí adelante con el embarazo, tranquila y contenta.

Sartorio encontró otro motivo para agarrárselas conmigo. Una de las limpiadoras me contó que él andaba diciendo que el padre de mi hijo era el nuevo jefe. Fue demasiado. Me fui a llorar al baño. Una de mis compañeras me siguió al ver que no me encontraba bien, era justamente Eloísa, la novia de Sartorio. Bueno, es decir, una de sus novias. Vivía con una mujer un poco mayor y le hizo creer a nuestra compañera que estaba solo. Nunca entendí cómo una chica dulce como Eloísa fue a parar en sus garras.

Eloísa sabía que la que me había contado fue doña Constancia, seguramente la primera a quien el bocón había ido con la injuria. Le conté lo que me habían dicho. Se quedó callada. Hace seis años que me persigue, le dije. He aguantado mil disparates que salieron de su boca, pero esto es el colmo. Entonces me salió esta sentencia: ojalá se le pudra la lengua. Por favor, no digas eso, me suplicó ella. Volví a repetir: ojalá se le pudra la lengua.

Pasaron los meses y él continuó con sus dimes y diretes. Como yo tenía paz, lo ignoré. Nació mi precioso hijo y volví con su padre, con quien nos casamos dos años después. Dejé la empresa porque me contrataron en uno de los estudios jurídicos más importantes del país y por fin podía ejercer como abogada. Nunca más vi a Sartorio.

Alrededor de quince años después nos encontramos con Eloísa y su hijo en el supermercado. El chico tenía la cara de Sartorio. Me contó que tuvo dos hijos de él, pero que nunca se casaron porque no dejó a la otra mujer. Llevaba cinco años muerto. Tuvo cáncer de lengua.

Lágrimas negras

Lo vi por primera vez sentado a mi derecha durante el cursillo de ingreso de la Facultad de Filosofía, yo quería aplicar para estudiar sicología. Vestía una llamativa remera amarilla con el logo de un conocido grupo de rock. A primera vista no me agradó. Se veía muy chiquillo y con el pelo largo y muy enrulado. No era mi tipo.

Pasó un mes y medio para el inicio de las clases. Ingresé con muy buen puntaje y estaba muy contenta. El horario nocturno de las clases me venía perfecto para trabajar y estudiar. Continuaría como asistente de un reconocido siquiatra, hasta las cinco de la tarde, luego iría hasta la facultad en un colectivo que pasaba a tres cuadras de la oficina y me dejaba prácticamente en la puerta.

No lo volví a ver hasta una semana después de iniciadas las clases. Definitivamente, no sería mi compañero. Fue una de esas noches en que el horario de salida se extendía hasta las diez y diez, que lo encontré esperando el colectivo. Estaba diferente, vestía un pantalón beige y una camisa blanca, tenía el pelo recortado y a su alrededor flotaba una fragancia muy agradable.

Lo miré y aspiré su perfume disimuladamente. Fuimos los primeros en la fila para subir. Yo me ubiqué en uno de los asientos de atrás para ocupar la ventanilla. Teniendo casi todo el colectivo vacío, se sentó a mi lado. Soy Darío, dijo, pasándome la mano. Magnolia, respondí, sin dejar de mirar hacia la ventana. Tenés nombre de flor, dijo el ex pelilargo, entonces lo miré y le sonreí. ¿Qué estás estudiando?, preguntó. Le respondí que deseaba ser sicóloga. Él, por su parte seguía la carrera de historia.

Me dio curiosidad si deseaba ser docente o por qué estudiaba esa carrera. Para encontrar respuestas, dijo. Lo miré como dudando. Quiero saber sobre las pirámides de Egipto, sobre la Guerra Santa, las batallas de la Segunda Guerra Mundial, sobre los fenicios... Es un sabiondo, pensé, y continué concentrada en mirar la ventana.

Darío y sus interrogantes se bajaron mucho antes que yo, que continué viaje sin poder quitarme su perfume de la mano.

Al día siguiente me esperó en el portón. Supuestamente, acababa de llegar y me vio bajar del colectivo. Me acompañó hasta la puerta de mi clase, en el primer piso, y luego fue a la suya. Nos reencontramos a la salida y volvimos a compartir el asiento. Se pegó a mí, de tal manera que su muslo iba unido al mío, y me hizo sentir en tal estado de protección que allí decidí que ya no quería separarme de él.

A la semana ya éramos novios. No quise presentarle a mi madre tan pronto, pero ante su insistencia lo dejé visitarme los sábados y domingos. Al mes me llevó a su casa. Era el único hombre entre varias mujeres: su madre, dos tías solteras, su abuela, sus hermanas mellizas y la empleada. Lo mimaban tanto que temí lo convirtieran en un inútil.

El primer año transcurrió de maravillas, hasta me regaló una alianza de plata, parecida a la que él tenía, e hicimos una ceremonia simbólica de boda a la orilla del río. Yo lo amaba y estaba muy feliz. Él decía respetarme y quería esperar a que nos casáramos para tener relaciones. Lo hablamos más de una vez, pero fue en nuestro segundo aniversario cuando él me dijo que ya quería casarse y experimentar el placer conmigo, por primera vez. Es decir, a sus veintiún años, él aún no había hecho el amor con nadie. Yo bajé la cabeza y le confesé que ya no era virgen, que él sería el segundo joven en mi vida.

Lo vi lagrimear y sentí pena y vergüenza. Le acaricié la cabeza y cuando estaba a punto de darle un beso en la mejilla, se sacudió y me lastimó la boca con su cabeza. Se transformó, se puso rojo, furioso, me gritó palabras que jamás le escuché utilizar, entonces agarré mis cosas y me fui a casa.

Al día siguiente me envió un ramo de girasoles a la oficina con una notita de disculpa. Falté ese día a la facultad porque no quería verlo. Me parecía ridículo que a esas alturas se pusiera nervioso porque no iba a ser el primero en mi vida. No estaba dispuesta a soportar la humillación de que me lo echara en cara todo el tiempo. Estaba decidida a dejarlo.

No pude. Apareció en mi casa a las nueve de la noche, cuando se dio cuenta de que no iría a la facultad. Llegó con comida hecha para los cuatro, incluidas mi madre y mi hermana. Hablamos del tema y lo disculpé. Continuamos sin tener relaciones durante todo ese año. Sin embargo, en año nuevo, después de un baile al que fuimos, terminamos en el motel, él con algunas copas encima.

Estuvimos juntos por primera vez y, a pesar de su inexperiencia, nos fue bien. Yo disimulé todo lo que había aprendido con Víctor para que no me saliera con alguna sandez, y me comporté casi como una monja. Entré a ducharme y elevé una plegaria de agradecimiento porque no le dio un ataque de celos. Me apresuré. Cuando volví a la habitación estaba fuera de sí e intentó darme una cachetada porque, según él sintió, me comporté como una prostituta experimentada en la cama, asegurando que me habré acostado con una docena de hombres antes de hacerlo con él. Me vestí llorando y tomé el teléfono para pedir un taxi. Me sacó el celular de la mano y lo apagó. No te vas a ninguna parte, dijo.

Llaveó la puerta, no me devolvió el teléfono y se acostó a dormir. Me quedé a su lado como una estatua, no sabiendo qué hacer. Se despertó a las once de la mañana con ganas de más sexo. Me negué y me obligó, una y otra vez. Dejamos el motel a las cuatro de la tarde. Cuando me devolvió el teléfono, tenía diez llamadas perdidas de mi madre y de mi hermana.

Me dejó en el portón de mi casa y me dio un beso apasionado, como si no hubiera pasado nada. Desde la puerta, mi madre le gritó que era un irresponsable por no avisar que yo estaba con él. Le sonrió y le dijo adiós con la mano. Dormí hasta las diez de la noche, cuando mi hermana me insistió en que me levantara a cenar o a tomar un vaso de leche. Ambas me preguntaron qué pasó, y solo les dije que salimos de la fiesta al amanecer y fuimos a pasar el día en la granja de sus primos.

Seguramente mi cara decía otra cosa.

No me bajó la regla en enero ni en febrero. Me hice unos análisis y la respuesta me dio terror: embarazo positivo. No le tenía miedo a la maternidad ni me preocupaba no terminar aún la carrera: me aterraba él y su comportamiento de los últimos tiempos. Se puso feliz cuando le di la noticia, se ocupó de contárselo a su familia y amigos. Y sin habérmelo pedido, anunció que nos casaríamos en abril. Ni siquiera me dio tiempo de protestar. Mi madre me preguntó si era lo que quería y le tuve que decir que sí para no preocuparla. Estoy segura de que a ella no le hubiera importado que fuera madre soltera si fuera mi elección.

Nos casamos un sábado lluvioso, con la presencia de la familia y los amigos más cercanos porque nuestro presupuesto era limitado. Vivimos en mi casa, ocupando la habitación que compartía con mi hermana, y ella pasó a dormir con mi madre. Mi rutina comenzó a cambiar porque él insistía en llevarme al trabajo todos los días, supuestamente para cuidar mi embarazo. Cuando podía también me buscaba a la salida e íbamos juntos a la facultad. Había perdido por completo mi libertad.

Tuvimos unos meses más o menos tranquilos hasta que nació la bebé. Tomé mi licencia de maternidad, abandoné lo que quedaba del año en sicología y me dediqué por entero a cuidar de mi hija. Mi madre y mi hermana fueron de gran ayuda porque la niña dormía muy poco y yo estaba cansada durante todo el día.

A Darío no le gustó dejar de ser mi centro del universo. Quería seguir acaparando mi atención y no soportaba el llanto de la bebé. Muchas veces la alzaba e iba a dormir en el sofá de la sala con ella, para que su padre durmiera tranquilo. Una de esas noches fue a buscarme a la sala y me llevó a la cama estirándome de la mano. Pretendía tener relaciones cuando yo había tenido a mi hija por parto normal apenas veinticinco días atrás.

Le dije que no, que aún no estaba lista, que debía esperar un mínimo de cuarenta días. Y que por nada del mundo iba a dejar a la niña sola, durmiendo en el sofá. Se puso furioso y amenazó con buscarse otra mujer.

Me torturó con volver a tener sexo durante varios días. Lo consulté con mi ginecóloga y ella recomendó no hacerlo aún porque me había practicado una episiotomía antes del parto. Como le conté lo sucedido, me recomendó pedirle a mi esposo para que viéramos a un sicólogo de parejas.

Cuando le dije esto a Darío se puso más furioso que nunca. Me acusó de ponerlo como un monstruo ante mi médica y dijo que no me volvería a tocar. Sentí un alivio inmenso que me duró muy poco. Esa misma noche me forzó, lastimándome tanto que necesité ir a sala de urgencias a la mañana mientras él iba al trabajo. Mi madre intuyó que algo pasaba, pero le dije que eran apenas discusiones de padres con una recién nacida que no les dejaba dormir bien.

Unos días después se realizaba un *baby shower* para una compañera de trabajo que estaba por tener a su bebé. Como era viernes, de diecisiete a diecinueve, mamá sugirió que Laurita podía quedar con ella, que solo la amamantara una vez y le dejara un repuesto de leche en su mamadera. Le conté a Darío que iría y al parecer él pensó que llevaría conmigo a la nena. Fui en taxi a la confitería y luego me buscaría él.

Después de mucho tiempo me arreglé el pelo y me maquillé como antes, para estar presentable. Hasta estrené una blusa que antes no me entraba por el embarazo. Pasé una linda tarde con varias amigas y me sentí contenta. A las siete y cinco de la tarde, Darío ya estaba afuera y me hacía llamadas perdidas. Me despedí y fui junto a él, llevándole algunos bocaditos para que merendara mientras íbamos a casa.

Vi su cara cuando me iba acercando al auto. Cuando entré comenzó a maltratarme con las palabras más ruines. ¿Por qué no trajiste a la nena, bandida?, fue lo más suave que me dijo. Cuando me senté y cerré la puerta intenté darle un beso, pero él me respondió con una bofetada que me dio vuelta la cara. No le importó que algunas personas lo estaban viendo. Cuando se enfurecía nada era más importante que descargarse conmigo. Lloré todo el camino, mientras escuchaba las tonterías que decía, lloré, lloré tanto y las lágrimas hacían correr mi rímel, que me daba escozor.

Cuando paramos en un semáforo, una niña que iba en el auto que estaba al lado le preguntó a su madre por qué la señora del auto rojo lloraba lágrimas negras.

ÍNDICE

En la colección Caribdis

Made in the USA
Columbia, SC
26 June 2024

37113470R00041